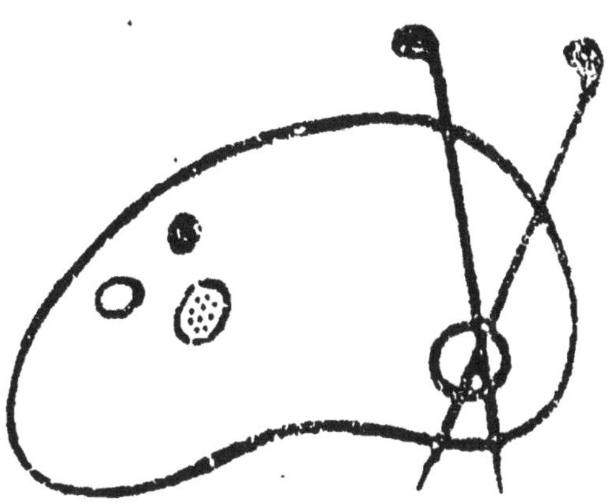

Couvertures supérieure et inférieure
en couleur

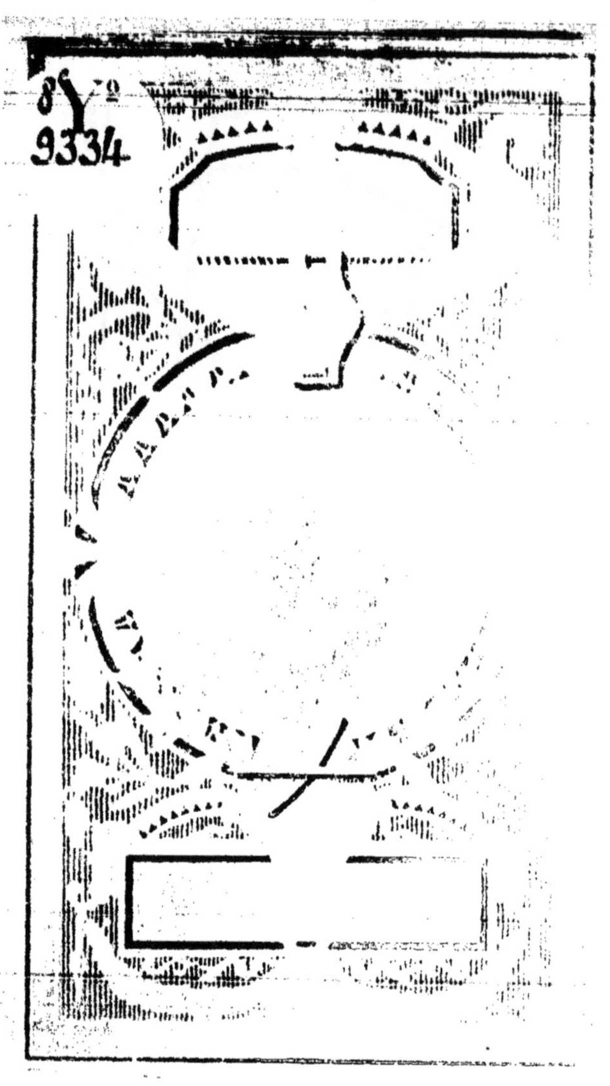

# LE
# CHAT DU NEPTUNE

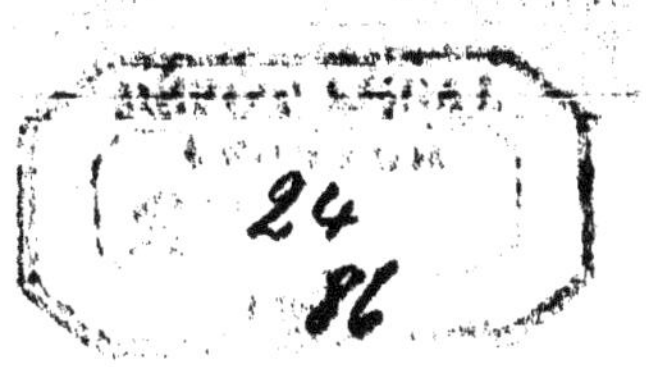

SOC. ANON. D'IMPRIMERIE DE VILLEFRANCHE-DE-ROUERGUE.
Jules Bardoux, directeur.

# LE
# CHAT DU NEPTUNE

PAR

## ERNEST D'HERVILLY

PARIS

LIBRAIRIE CH. DELAGRAVE

15, RUE SOUFFLOT, 15

1886

# LE
# CHAT DU NEPTUNE

## I

### APPARITION DE TOM

C'était à bord du steamer *Neptune*.

Nous avions le cap sur le Havre, venant de New-York.

Un jour, au coucher du soleil, nous nous trouvions alors à 200 milles de la côte française (le mille marin, mes enfants, vaut 1,852 mètres ; calculez), le matelot en vigie signala :

— Navire à tribord !

A ce cri, tout le monde regarda par-dessus les bastingages, à la droite du *Neptune*.

A l'œil nu, il était difficile de rien

distinguer sur l'immense surface circulaire, très houleuse, au centre de laquelle nous nous trouvions.

Mais, avec les lunettes, on voyait effectivement à tribord, c'est-à-dire sur notre droite, une masse sombre que les plus inexpérimentés des passagers, parmi lesquels je me hâte de me compter, n'auraient sans doute pas hésité à reconnaître du premier coup pour un bâtiment en détresse, tout comme le faisaient les plus petits mousses du *Neptune,* si cette lointaine masse noirâtre, qui semblait à chaque instant s'enfoncer pour jamais dans la mer, avait eu seulement un pauvre petit mât.

Mais il n'avait ni petit ni grand mât, le navire annoncé à tribord !

Il n'avait plus que des tronçons brisés qu'apercevaient seuls les yeux experts des marins.

Et c'était l'épave errante et déserte d'un brick désemparé que son équipage avait abandonné à son triste sort, à la suite de quelque tempête, cinq ou six jours auparavant.

Nous apprîmes cela, deux heures après la découverte du vaisseau perdu, de la bouche même d'un officier du *Neptune* que notre commandant, bien que sans grand espoir, avait aussitôt envoyé, avec un canot

armé de tout ce qui est nécessaire
en pareille expédition, pour s'assurer de l'état du bâtiment inconnu
et pour recueillir les malheureux
qu'il pouvait peut-être contenir encore.

— Alors, lieutenant, demanda un
des passagers en plaisantant, il n'y
avait pas un chat à bord?

— Pardon, fit le lieutenant, pardon, cher monsieur, et c'est ce

qu'il y a de plus fort : il y en avait
un.


— Un chat? Pas possible !


— Oui,    un    chat,    messieurs ;
CHAT, chat.


— En chair et en os ?


— Oh ! plutôt en os qu'en chair,
la pauvre petite bête !

— Et comment l'avez-vous dé-
couvert ?

— Le malheureux, à moitié mort,
s'était traîné sur le toit de la dunette,
et, en nous voyant arriver, il s'est
mis à miauler à fendre l'âme.

— Et qu'avez-vous fait ?

— Mais ce que vous auriez fait à
ma place : je l'ai pris et amarré dans
le canot, et je l'ai offert tout à

Le malheureux s'était traîné sur le toit de la dunette.

l'heure au lieutenant Coquillard, qu
se plaint toujours des rats. Pour le
moment, il mange et il boit de façon
à effrayer le chat de Gargantua lui-
même, s'il vivait encore, messieurs !
— Nous l'avons appelé Tom, ajouta
le lieutenant.

— Et c'est ainsi, à ce que fit re-
marquer quelqu'un, qui était très
fort en mythologie, qu'un chat, qui
aurait pu être fort maltraité par la
déesse de la mer, fut sauvé par le

dieu des ondes, son mari, et échappa à la colère d'Amphitrite, grâce à la bonté de *Neptune*.

## II

## ENCHANTEMENT DU LIEUTENANT
## COQUILLARD

Voilà Tom à bord. Heureux Tom !

Il a déjà parfaitement oublié ses heures de solitude et surtout ses jours de jeûne.

2

Il a repris un joli petit ventre, et alors les traces de ses misères s'effacent de son esprit comme de son corps.

Mais le lieutenant Coquillard, lui, ne les a pas si facilement oubliées que cela, et, à chaque instant, pris d'une tendre inquiétude, il quitte le pont pour venir constater, dans sa cabine, que son cher Tom a bien tout ce qu'il lui faut.

Comme le petit Tom le remercie de ses attentions ?

Aussi comme le petit Tom le remercie de ses attentions ! Ce n'est pas
un chat ingrat.


Le lieutenant Coquillard est dans
le ravissement le plus complet et le
plus épanoui.


D'une part (côté chat), c'est un
reconnaissant *ronron* perpétuel, ce
sont d'affectueux petits coups de
crâne donnés sans relâche sur les

respectables tibias de son pro-
tecteur...

D'autre part (côté homme), c'est
un bon et grave sourire inces-
sant sous les moutaches et dans
la barbe blanche, c'est un avis
tout amical d'avoir à ménager le
drap des pantalons , dans les
transports trop passionnés de ses
griffes...

Enfin c'est une félicité sans nuages

qui règne également dans les deux cœurs.

Le lieutenant Coquillard, tout entier à son chat adoptif (ce pauvre Tom, il a dû tant souffrir sur son épave, il faut bien le gâter un peu !), néglige même, depuis huit jours, la précieuse collection d'oiseaux de terre et de mer qu'il a préparée, afin de l'offrir au musée du Havre.

Car le lieutenant Coquillard est un

naturaliste amateur, 'un amateur d'une certaine force cependant, et il empaille tout ce qui lui tombe sous la main, en fait de bipèdes, excepté le bipède appelé l'homme, bien entendu.

On a eu même beaucoup de peine, une fois, à la table du carré des officiers, à lui faire lâcher des cailles de conserve qu'il voulait enlever du plat pour les disséquer, au lieu de les manger.

Tout cela est et bel et bon, mais Tom l'emporte pour le moment sur les oiseaux ! A ce point que le lieutenant Coquillard semble totalement perdre la ménoire des principes élémentaires de la plus vulgaire prudence.

Il omet de mettre en lieu sûr, sous clef, à l'abri de tout regard indiscret, quand il est de service, les oiseaux délicats qui parent sa cabine, pour le moment, en attendant le jour glorieux où ils seront admirés, au musée havrais, par les curieux de la Seine-Inférieure.

Inquiétante quiétude !

Oh ! lieutenant Coquillard, ne vous rappelez-vous pas ce que vous ont coûté la capture et l'empaillement, par exemple, de votre admirable pingouin (*Alca impennis*), jadis le plus cher objet de vos préoccupations, et aujourd'hui l'or-

nement le plus rare de votre cabine ?

Regardez-le ! Il vous tend les bras comme un fils : je veux dire, il vous tend les moignons d'ailes que lui mesure la nature. Ne le voyez-vous donc pas, lieutenant Coquillard, et n'en êtes-vous donc plus touché ?

Si, si : le lieutenant voit toujours son remarquable pingouin d'un très

bon œil, mais il adore son Tom —
que voulez-vous? — et sa confiance
en lui est illimitée.

# III

## REVERS DE LA MÉDAILLE

Les plus belles médailles ont souvent un revers qui ne possède pas les charmes de l'autre côté, le côté de l'effigie.

Nous avons dit que le lieutenant Coquillard était un excellent homme et un naturaliste distingué.

Mais le lieutenant Coquillard était aussi un joueur enragé de dominos.

C'était là son revers.

Quant au chat Tom, c'était bien la créature à quatre pattes la plus parfaite de toutes les créatures à quatre pattes ; seulement, il était, lui aussi, très joueur.

Il ne jouait pas aux dominos, par exemple !

Non, il n'avait pas besoin de dominos pour se distraire, ce chaton chéri.

Il jouait avec tout ce qui s'offrait

à portée de ses jolies petites griffettes aiguës.

Oh ! il ne choisissait pas !

Jeu de mains, jeu de vilains, disaient nos pères, c'est-à-dire jeu rude et dangereux de gens grossiers.

Jeu de vilains, dirons-nous, vilain jeu !

Mais le jeu de griffes est plus dé-
sastreux encore que le jeu de
mains.

Or un jour — car il faut tout
dire, hélas ! — tandis que le lieutenant Coquillard, éloigné de sa cabine depuis trois heures, et enfermé,
en compagnie de dominos, avec son
commandant, essayait de se débar-
rasser, au détriment de cet officier
supérieur, d'un *double-six* réelle-
ment obstiné, que le hasard met-

tait sans cesse dans son jeu, le petit minet sauvé des eaux, comme Moïse enfant, se mit à faire également sa partie dans la chambre de son ami.

Et quelle partie !

Je frémis encore rien que d'y songer !

D'abord, d'un coup de patte, Tom

jeta à bas d'un guéridon l'arbuste
artificiel sur les branches duquel le
lieutenant Coquillard avait fait reposer une douzaine d'oiseaux-mouches.

Quand les oiseaux-mouches furent
par terre, Tom leur défrisa les plumes, en veux-tu, en voilà, de la
belle manière !

Puis, comme il reconnut que ce
n'étaient pas de vrais oiseaux, des

oiseaux vivants, des oiseaux bons à croquer, il les abandonna à leur triste position, et s'amusa à courir sur les meubles, renversant les bouquins, froissant les papiers, se mettant sur le dos pour mieux les rouler et les déchirer entre ses terribles mains de chat.

Enfin, comme cela ne lui semblait pas très drôle, à la longue, il sauta comme un tigre sur le fameux pin-

Tom s'acharna sur le pingouin.

gouin, dont il avait eu d'abord un peu peur.

Le pingouin ne résista pas et il ne poussa pas son cri de guerre.

Je le crois sans peine ! Il était tout bourré de coton et aussi peu en vie que les autres oiseaux.

Tom, irrité de ce calme inexplicable, s'acharna sur le pingouin, lui déchira son blanc gilet de plumes à

belles dents et le réduisit en lam-
beaux.

Le plumage du malheureux vola-
tile voltigeait par les airs autour des
oreilles de Tom.

Spectacle affreux !

Pendant ce déplorable carnage,
qui privait à tout jamais le musée du
Havre de la collection du lieutenant
Coquillard, ce lieutenant, toujours

plongé dans les dominos avec son infatigable commandant, ne savait comment se tirer d'un coup de *blanc partout* que lui avait posé son supérieur.

# IV



Le lieutenant Coquillard n'avait pas
encore trouvé le moyen de parer le
*blanc partout* de son commandant,
quand monsieur Tom, n'ayant plus
rien à détruire, s'avisa d'entrepren-

dre un petit voyage de découvertes
dans les environs de la cabine de son
maître.

Sans s'inquiéter davantage des oiseaux épars, avec leurs entrailles de
coton pendantes sur le plancher du
théâtre de ses ébats, monsieur Tom
se glissa dans le couloir obscur qui
mène du cabinet des officiers à la
chambre du conseil de l'arrière.

Il allait à pas prudents, l'oreille

Monsieur Tom se glisse dans le couloir.

au guet, tressaillant au moindre
bruit et partagé entre deux désirs, le
désir d'aller surveiller des souris loin
taines, dont il entendait les dents
fines ronger de vieux morceaux de
biscuit de mer dans des entreponts
ténébreux, et le désir d'aller voir un
peu la cause d'un bruit singulier qui
lui arrivait par la porte ouverte de
la chambre du conseil et l'intriguait
fort.

Or, ce bruit était le fait du bec sonore du perroquet du commandant, un superbe cacatoès à huppe, dont on avait, je ne sais pourquoi, placé la cage sur la table de la chambre en question.

Le cacatoès, pour passer le temps, raclait les barreaux de sa cage avec son bec solide, à la façon d'un joueur de harpe.

Seulement, dame! ce virtuose à plumes ne jouait pas des airs bien

enchanteurs sur son instrument im-
provisé.

Tom, guidé par la rauque mélo-
die, arriva en rampant jusqu'à la
porte du conseil et vit le magnifique
oiseau.

— Tiens, tiens ! se dit-il, en voilà
un qui n'a pas du tout l'air d'être en
coton. Ça doit être joliment bon à
griffer, ce pingouin jaune-là, qui a
une si belle huppe sur le crâne !

De son côté, le perroquet aperçut le chat, hérissa sa huppe comme un éventail qui s'ouvre, et lui demanda brusquement d'une voix tremblante d'impatience :

— As-tu déjeuné, Jacquot ?

Monsieur Tom fit un bond en arrière, stupéfait.

Mais il se remit bientôt de sa surprise et s'avança d'un pas vers la cage.

— Et de quoi ? et de quoi ! s'écria le perroquet, alarmé de cette marche en avant.

— Allons, bon ! pensa le chat. C'est un *oiseau-monsieur*, puisqu'il parle ! Voilà qui est très curieux. Il faut que je l'examine de plus près.

Il fit un nouveau pas en avant.

— Du rôti du roi ! du rôti du roi !
du rôti du roi ! gémit alors précipi-
tamment le pauvre cacatoès de plus
en plus épouvanté.

— Quel être singulier ! se dit le
chat. C'est égal, approchons-nous et
essayons de voir un peu « en quoi
c'est fait », un oiseau-monsieur !

Et il fit encore un pas en avant.

Lieutenant Coquillard ! monsieur

le commandant ! quittez vos dominos ! Il n'est que temps. Si vous vous
obstinez à votre jeu, il va se passer
des choses extraordinaires et certainement affreuses dans la chambre
du conseil.

# V



QUI S'Y FROTTE S'Y PIQUE

Mais le commandant et le lieutenant Coquillard, tous deux penchés
sur la broderie géométrique que des-
sine la file des dominos étalés sur la
table de jeu, ne furent nullement

avertis par aucune voix secrète du drame qui doit fatalement se passer dans une chambre du conseil où un oiseau et un chat se trouvent ensemble, inopinément, et séparés seulement par une faible barrière de fils d'archal.

Tom, d'un saut, s'installa tout à coup à quelques pouces du cacatoès, lequel se livra immédiatement à une gymnastique désespérée, cherchant de toutes parts le bâton de salut où il pût poser en sûreté ses pattes frémissantes.

Tom fit le tour de la cage, sans se presser, en amateur, clignant de l'œil, la queue dressée en l'air, et se passant la langue sur les lèvres, comme un gourmand qui savoure un bon repas par avance.

Le perroquet, perdant la tête à force de la rouler sur ses épaules pour épier, dans tous les sens, les mouvements de son ennemi, se mit à crier :

— Ran tan plan, tan plan ! à bâbord ! à tribord ! feu !

Mais ces menaces aussi vaines que formidables n'arrêtèrent en rien maître Tom dans ses manœuvres audacieuses.

Il se borna à redresser les oreilles.

Puis, rassemblant toute son éner-
gie, il glissa une patte téméraire à
travers les barreaux malencontreux,
dans la direction du perroquet, ré-
fugié dans son dernier retranche-
ment, c'est-à-dire au sommet de sa
cage.

Fatale imprudence !

En ce moment, d'ailleurs, dans la
cabine du commandant, le maître
de Tom commettait, de son côté,

une imprudence énorme aussi, en gardant en main, à tort, un *cinq-quatre* encombrant.

Ce *cinq-quatre* décida du sort de la bataille ; il resta pour compte dans la main du lieutenant et le commandant gagna la partie, qui était la cent neuvième de la journée entre les deux adversaires.

Jacquot et Tom n'eurent pas besoin de jouer leur jeu cent neuf fois pour en avoir assez.

A la première partie, le perroquet empoigna, avec l'héroïsme que la peur inspire souvent aux êtres faibles, la patte menaçante de monsieur Tom, et il la lui mordit vivement.

Oh! alors, Tom poussa un cri de détresse surprenant et essaya de se dégager au plus vite.

Mais la tenaille de l'oiseau le ser-
rait sans pitié; on ne peut vraiment
pas lui en vouloir.

Il ne fallait pas y aller, voyez-
vous, petit sot de chat !

Enfin, le cacatoès, ayant sans doute
fait cette réflexion qu'il ne pourrait
pas rester toute sa vie — et on dit
que les perroquets vivent cent ans —
avec une patte de chat dans le bec,
se décida sagement à lâcher son en-

Tom poussa un cri de détresse.

nemi, après l'avoir puni de la belle manière.

Tom jura, un peu tard, qu'on ne l'y prendrait plus.

# VI

## ENCORE DES IMPRUDENCES

Le pauvre Tom passa le lende-
main de longues heures à lécher sa
patte meurtrie et douloureuse.

Le bon lieutenant Coquillard,

fort affligé de la destruction de sa collection d'oiseaux, mais trouvant avec raison qu'il y avait beaucoup de sa faute dans cet irréparable dégât, ne tint pas longtemps rancune à son cher petit chat.

Et même, au contraire, la vue de la plaie sanglante de l'animal fit jaillir de nouvelles sources d'indulgence dans le cœur du vieux marin.

Il se fit médecin de son favori, et il obtint du chirurgien du *Neptune* des bandes de toile et des baumes précieux qui amenèrent promptement la convalescence du blessé et sa guérison complète.

Le soin qu'il prit de la petite bête lui fit même un peu oublier que le commandant lui devait une revanche, et que ce même commandant brûlait du désir de payer sa dette.

Enfin, par une radieuse matinée, le jeune Tom, évitant soigneusement de passer devant la porte du conseil, où le perroquet vainqueur ne cessait de célébrer son triomphe à tue-tête, monta lentement, très lentement, avec des allures d'invalide, l'escalier de l'arrière.

Il reparut sur le pont aux acclamations de la foule, au fait de ses aventures guerrières, et charmée de

le revoir sain et sauf après un terri-
ble combat.

Puis chacun retourna à ses affai-
res, à son cigare ou à son travail, et
monsieur Tom reprit tranquillement
le cours de ses promenades périlleu-
ses, dans les embarcations suspen-
dues aux flancs du navire, ou à travers les enflèchures. Les enflèchures
sont les échelons de corde des hau-
bans, ces gros câbles qui relient les
bas mâts aux bordages.

Personne ne songeait plus à Tom, lorsqu'un mousse, levant par hasard les yeux en l'air, aperçut l'animal rampant avec des précautions infinies sur le bout extrême d'une vergue, laquelle était armée d'une flèche, je ne sais pas pourquoi.

Sur le fer de la flèche, et tournant le dos au chat, qui s'avançait sans faire plus de bruit qu'une mouche, une petite mouette ou plutôt un guillemot se reposait innocemment.

Sur le fer de la flèche et tournant le dos au chat...

Couvant le léger oiseau de mer de son œil dilaté par des impatiences et des angoisses de chasseur, le chat tendait insensiblement son échine comme un arc, et s'apprêtait à bondir sur sa facile proie.

— Il est bien plus petit qu'un perroquet, pensait le traître ; il ne m'échappera pas !

Il est évident que, pour faire plaisir à monsieur Minet, et pour l'aider à prendre sa revanche, le charmant guillemot aurait dû certainement patienter un peu sur la flèche.

Il l'aurait peut-être fait avec plaisir en toute autre occasion, mais seulement, ce jour-là, le voyageur ailé avait, je ne sais pas où, un rendez-vous pris depuis longtemps, et auquel il ne pouvait arriver en retard sous peine d'impolitesse.

Et l'heure de partir sonna pour

lui précisément à l'instant même où maître Tom prenait son élan pour s'assurer si les petits oiseaux sont plus dociles que les grands.

# VII

## LE BAIN

Oui, malheureusement, le guillemot avait un rendez-vous quelque
part, et il lui était impossible d'y
manquer.

Il s'envola donc sans prendre
congé de personne, tout à coup.

Certes, Tom avait bien pris ses mesures; mais, vous savez, faute d'un point Martin perdit son âne.

Or, dans l'affaire qui nous occupe, quand le point que visait Tom vint à lui faire défaut, Tom, hélas! perdit à la fois sa proie et — ce qui est plus grave — son équilibre.

Dépasser le but, c'est souvent manquer la chose.

Tom manqua la chose et dépassa le but.

Or, comme il était posté à l'extrémité d'une grande vergue qui planait au-dessus de la mer, il fit, après avoir peut-être essayé, mais bien vainement, de suivre ce guillemot dans son vol, une chute énorme, suivie d'un plongeon prodigieux dans les flots azurés.

Patatras ! plouf !

6

L'entrée subite de Tom dans le monde sous-marin se fit avec un grand éclat, sans doute, et les poissons qui suivaient le *Neptune* en furent positivement émerveillés.

Le bruit de sa chute, que signala immédiatement de son côté le mousse observateur, mit l'équipage et les passagers en grand émoi.

— Un chat à la mer! s'écria le mousse.

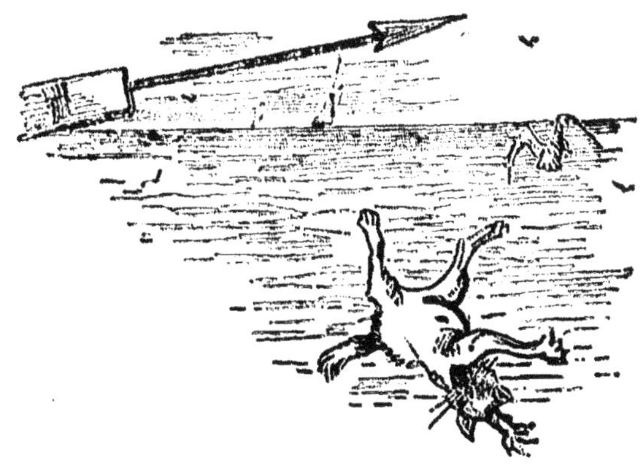

Patatras! plouf!

A peine avait-il parlé ainsi, qu'un matelot s'élança à l'arrière, un harpon à la main.

— Ce doit être ce pauvre Tom ! dit piteusement le lieutenant Coquillard, attiré sur le pont par la rumeur générale, et dont le visage était blanc comme la barbe.

Puis, serrant dans sa poche le domino — toujours un *double-six !* qu'il tenait encore à la main quand

il avait gravi, quatre à quatre,
l'escalier du pont, le lieutenant
gémit :

— Vingt francs à celui qui le re-
pêchera !

A ces mots, il y eut comme un
*steeple chase* de matelots, du côté
de l'arrière où l'infortuné Tom,
tombé à l'avant, devait fatalement
reparaître et passer peut-être à portée des cordes, des lignes et des

perches qu'on s'empressa de couler
à l'eau ou de tendre à sa surface.

Puis chacun attendit, en grand
silence.

Moment de suprême anxiété !

Les poissons purent alors contem-
pler à leur aise, s'ils sont curieux,
de nombreuses têtes humaines ran-
gées au-dessus des lisses, sondant
du regard avec stupeur le mystère

des    ténébreuses    profondeurs    sa-
lées.


— Le voilà ! hurla enfin une voix
rauque.


Un long hourra répondit à ce cri
et tous les cœurs furent soulagés.


L'instant d'après monsieur Tom,
pris à la peau du cou par le croc
d'un harpon, aux environs des chaî-
nes du gouvernail, était hissé à bord,

Monsieur Tom, pris par la peau du cou...

gonflé comme une éponge et ruisselant comme un torrent.

Le passager auquel nous devons les aimables croquis qui illustrent cette histoire aussi authentique que touchante, a retracé la scène dans tous les détails de son horreur aquatique.

Regardez l'image ci-contre, âmes sensibles, et plaignez le pauvre Tom !

# VIII

### SAUVÉ !

Tom repêché, et repêché comme vous pouvez le voir, c'est-à-dire avec infiniment plus de promptitude que de précaution (mais qui aurait le cœur de s'en plaindre ?), fut déposé sur le pont du *Neptune* dans un état très voisin de la syncope.

De plus, il avait perdu les quatre cinquièmes de ses grâces.

Ce n'était plus, aurait dit le poëte Racine,

> Qu'un horrible mélange,
> De poils et de varechs inondés d'eau jaunâtre
> Bien fait pour effrayer le public d'un théâtre.

Le matelot qui avait arraché Tom

Le marin n'en fit ni une ni deux.

à la fureur des flots, fut chargé par le lieutenant Coquillard d'exprimer délicatement l'eau dont l'imprudent chasseur était tout imbibé.

Le marin n'en fit ni une ni deux; il se dévoua, et, ne pouvant le tordre comme un linge mouillé, il le secoua comme une salade trop humide.

Cela fait, et comme le soleil était

chaud et brillant, il lança l'animal ahuri sur le prélart goudronné qui sert d'ombrelle immense aux passagers de la première chambre pendant les ardeurs de l'été.

Or, on était en été.

Et c'était bien heureux pour le pauvre cher petit revenant !

Le bain qu'il avait pris dans de l'eau tiède fut sans conséquence pour

Il lança l'animal ahuri.

lui, et, d'autre part, en moins d'un quart d'heure il fut complètement séché sur la banne brûlante où son sauveur l'avait envoyé avec aussi peu de cérémonie que s'il eût été un paquet de cordages.

Par exemple, quand il eut fini de peigner et de lisser sa fourrure, que la catastrophe avait peut-être un peu mise en désordre, Tom se sentit tous les symptômes d'un appétit formidable et qui demandait à être immédiatement satisfait, toute affaire cessante !

Rien ne creuse l'estomac comme la mer, de quelque manière qu'on la goûte.

# IX



## INTEMPÉRANCE

Sans perdre une seconde en ré-
flexions vaines, et plus gaillard que
jamais, le célèbre chat du *Neptune*
sauta prestement à bas de son vaste
hamac goudronné, et se dérobant

aux caresses de tous, bien qu'il en
fût à la fois touché et flatté, il se
rendit directement, par les voies ra-
pides, dans la cabine de son cher
ami le lieutenant.

On venait justement d'apporter à
celui-ci les éléments d'un déjeuner
frugal, mais appétissant, composé
d'œufs à la coque et de café au
lait.

Ces mets confortables, sans oublier le pain et le beurre (un beurre très salé, par exemple!), reposaient sur l'unique guéridon du lieutenant, recouvert d'une nappe blanche pour la circonstance.

— Tout va bien! se dit le chat; le couvert est mis.

Il grimpa sur la table, flaira le pot à lait d'où s'échappait une odeur agréable, et s'assit pour attendre patiemment — rendons cette justice au petit Tom — l'arrivée de son maître.

Or ce maître adoré venait d'être appelé, hélas! en conférence par son commandant, et cette fois il ne s'agissait pas de dominos. Il s'agissait du prochain débarquement.

La conférence n'en finissant pas, maître Tom, qui mourait de faim, se crut autorisé à prendre quel-

Il grimpa sur la table.

que petite avance sur le repas fu-
tur.

Il inséra délicatement sa tête
ronde dans l'ouverture du pot à lait,
résolu à ne prendre du liquide bien-
faisant que la largeur de sa langue,
une petite langue rose, rude comme
râpe.

Mais l'appétit lui vint en man-
geant, ou plutôt en lappant, et il se
mit à boire avec une effrayante avi-

dité, enfonçant sa tête de plus en plus dans le pot à lait.

Quand il voulut la retirer, impossible.

La tête avait pu être introduite dans un certain sens, mais le col du pot se refusait absolument à la laisser sortir dans un autre sens.

De là, de la part de Tom, que le pot coiffait comme un casque, des

On devine les effets qui peuvent en résulter.

efforts inouïs pour s'échapper — par la tête du moins — de l'impasse de faïence (ou de porcelaine) où il s'était si imprudemment engagé dans son avidité. On devine les effets qui peuvent résulter sur une table servie, des efforts d'un chat qui se croit perdu.

Il se produisit un cataclysme domestique tout à fait pittoresque, au point de vue de l'art, mais qui aurait mis la mort dans l'âme d'une bonne ménagère.

Il y eut, dans la cabine du lieutenant Coquillard, une espèce de bruyante avalanche, dont les flots roulaient des assiettes, un couteau, une fourchette, plus un chat empoté, crispant ses griffes sur une nappe qui cède et ne rompt pas, plus un coquetier, des œufs cassés et une honnête cafetière perdant soudain le centre de gravité.

Il se produisit un cataclysme.

X

## LE PORT APRÈS LA TEMPÊTE

Quand le lieutenant Coquillard revint dans sa cabine, en caressant l'espoir de manger enfin un œuf, un peu durci peut-être et beaucoup refroidi sans doute, mais bien agréable

à gober tout de même lorsqu'on n'a
rien dans l'estomac depuis le ma-
tin, il vit le navrant tableau ci-
contre, que nous renonçons à dé-
crire !

Ici, comme en beaucoup d'autres
occasions d'ailleurs, la plume s'ef-
face avec plaisir devant le crayon.

Le petit Tom, gorgé de lait, à
moitié asphyxié, les griffes toutes
douloureuses encore de s'être cram-

ponnées à la nappe, se traînait en gé-
missant au milieu d'innombrables
débris, fruit de ses exploits, sur le
tapis du lieutenant.

— Miséricorde ! s'écria le brave
Coquillard ; mais ce chat a donc le
diable au corps !

Et il ajouta :

— Aurait-on eu tort d'arracher cet
animal par trop fantaisiste à l'épave

sur laquelle il flottait? Un bienfait sera-t-il donc perdu?

Mais le lieutenant songea que le pauvre petit Tom était jeune, bien jeune, qu'il n'était qu'un chat sans éducation, privé de bonne heure de son papa et de sa maman et élevé par des matelots qui, certes, n'étaient pas des professeurs de bon ton et de belles manières.

Il songea encore que, lui-même,

après avoir adopté le petit naufragé,
il l'avait bien souvent trop gâté,
qu'il l'avait laissé seul, livré à toutes
les tentations.

Bref, le lieutenant Coquillard prit
philosophiquement son parti de la
chose, se passa de déjeuner, mit de
l'ordre lui-même dans sa cabine,
afin de voiler de son mieux les fo-
lies de son favori, produites par
ses propres négligences et par sa
trop grande faiblesse, et se pro-

mit de le mieux surveiller à l'ave-
nir.

Puis il monta sur le pont. Le Havre était en vue.

Alors maître Tom, tout moulu,
tout contusionné, chercha un bon
petit coin pour s'y reposer de ses
fatigues jusqu'à l'heure de l'arrivée
au port.

D'abord, il essaya de se mettre en

boule dans le creux d'un fromage
anglais, le *stilton*, fromage entouré

D'abord il essaya de se mettre en boule.

d'un linge mouillé pour en main-
tenir la pâte humide, et dans l'intérieur duquel on puise avec une
cuiller.

Quelle idée étrange !

C'était moelleux comme couchette, mais cela sentait bien mauvais, oh ! bien mauvais !

Aussi, après trois minutes de séjour dans l'intérieur du stilton, monsieur Tom abandonna ce lit baroque et puant, en faisant :

— Pouah !

Il aperçut alors, sur une planche,
et par un singulier hasard, tout grand

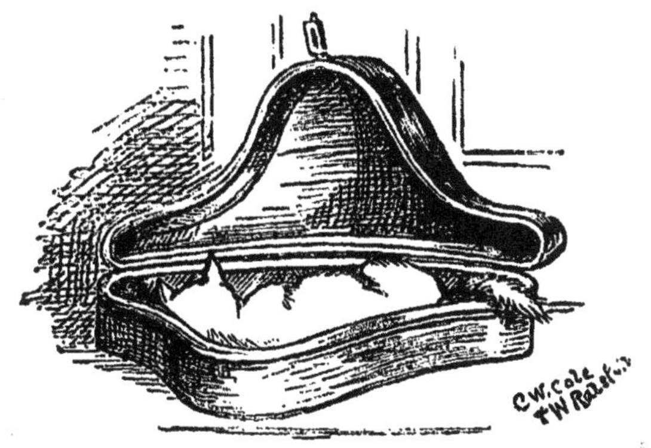

Un étui doublé de flanelle rouge...

ouvert (encore une négligence du
lieutenant Coquillard!), l'étui d'un
vieux tricorne que l'officier portait

quand il était dans la marine mili-
taire;

Un étui doublé de flanelle rouge
du plus engageant aspect et de forme
commode, surtout pour un chat!

Monsieur Tom s'y blottit et s'y en-
dormit enfin.

Nous l'y abandonnerons pour
l'instant.

**FIN**

# TABLE DES MATIÈRES




SOC. ANON. D'IMPRIMERIE DE VILLEFRANCHE-DE-ROUERGUE.
Jules Bardoux, directeur.